Brigitte Anna Lina Wacker

ABSCHIED VON ROBERT

Eine wahre Begebenheit

Roman

für meine Freundin Christa

Herstellung und Verlag:
BoD - Books on Demand, Norderstedt
ISBN 978-3-8482-1356-6

Es war der 31. Dezember. Langsam ging ich durch die Cuxhavener Altstadt, meinen Gedanken und Erinnerungen nachhängend.

Der Himmel erstrahlte wie im Frühling in einem warmen Blau und die vielen Wolken leuchteten golden-orange. Menschen eilten vorüber, Sylvesterraketen in ihren prall gefüllten Plastiktaschen voller Gemüse, Knabbereien und Alkohol für einen langen Abend mit Freunden, um das alte Jahr fröhlich und gesellig zu verabschieden.

Für mich bedeutete dieser Jahresabschluss Abschied von Robert, von unseren Träumen, Wertevorstellungen, Idealen, von unseren gemeinsamen Zukunftsplänen.

Ein langer Weg lag noch vor mir. Ich wollte zu meiner Kirche im Strichweg, die sicherlich auch am heutigen Nachmittag ihre Tore für mich geöffnet haben würde. Kalter Wind berührte schneidend meine Wangen. Die Hände hatte ich tief im langen Winter-mantel vergraben. Meine Handschuhe lagen leider vergessen daheim auf der Heizung.

Die Geschäfte in der Nordersteinstraße waren schon geschlossen. Ich würde mir später irgendwo einen wärmenden Kaffee gönnen und anschließend mit dem Taxi den Heimweg antreten.

Vor zwei Jahren hatte ich einen Schlussstrich unter meine langjährige Ehe gesetzt, die seit weit über zehn Jahren nur noch auf dem Papier bestand. Was hatte ich nicht alles unternommen, um meine Beziehung zu retten. Drei Jahre lang war ich alleine zur Eheberatung gegangen. Mein Mann war nicht bereit, an den häufigen Sitzungen teilzunehmen. Meine beiden Söhne wurden ab und zu in diese Gespräche mit einbezogen. Wir drei hielten zusammen, wie Pech und Schwefel. Alles war und blieb jedoch ein aussichtsloses Unterfangen und letztendlich machte mir gerade mein Jüngster Mut, mein Leben neu zu beginnen.

So ließ ich alles zurück, das schöne Haus mit dem großzügig angelegten Garten, die Freunde, meine Kunden, meine Schüler, einfach alles. Drei Wochen vor meinem Umzug nach Cuxhaven hatte ich die letzte große Gemäldeausstellung im Rathaus meiner Heimatstadt. Ich nannte diese Ausstellung „Rosenzeit" und widmete sie meinem Förderer und Galeristen, der noch kurz vor seinem Tod in seinem Garten viele Rosenstöcke gepflanzt hatte.

Für mich war es bislang die größte und denkwürdigste Ausstellung. Der Ratssaal war mit über 300 Gästen absolut überbelegt. Meine Schülerinnen und Schüler standen von der Treppe an bis zur Ratssaaltür Spalier und übergaben mir Rosen in allen erdenklichen Farben, so dass mein Herz immer schwerer wurde im Hinblick auf den bevorstehenden Abschied.

Ein Künstlerkollege aus Cuxhaven hielt für mich seine erste Laudatio, eine junge Musikstudentin untermalte die Feier mit klassischen Melodien, der Bürgermeister hielt die Eröffnungsrede und dann durfte auch ich noch an das Podium, um mich und meine Arbeiten vorzustellen. Es war eine gelungene Feier. Die zahlreichen Besucher waren begeistert von der Vielfalt der Motive und Techniken meiner Malerei. Ich hatte meinen ersten großen Verkaufserfolg und konnte mir von dem Erlös die nötigen Möbel für mein neues Zuhause kaufen. Ich schwebte wie auf Wolken.

Erst einen Monat zuvor hatte ich meine zukünftige Wohnung im Dachgeschoss einer Pizzeria gefunden. Sie lag in der Innenstadt und war lediglich 2 ½ Zimmer groß mit wunderschönen Sprossenfenstern, kleiner Küche und nachträglich eingebautem Miniaturbad. Genauer gesagt musste man beinahe über die Toilette steigen, um in die Dusche zu kommen, aber das störte mich nicht.

Mein ältester Sohn Sven wollte bei seinem Vater bleiben. Er hatte gerade eine Lehre begonnen. Mein jüngerer Sohn Alexander, der von uns liebevoll Sascha genannt wurde, musste erst noch das Schuljahr in unserer Heimatstadt beenden, bevor er zu mir kommen konnte. Das aber würde mir genügend Zeit geben, die kleine Wohnung gemütlich herzurichten.

Ich hatte nicht damit gerechnet, wie schwer mir dann letztendlich der Abschied von der Heimat fallen würde. Meine Schülerinnen und Schüler, die mir fast wie Freunde waren, musste ich zurück lassen. Ich hatte kein Auto und von dem wenigen Geld, das ich mit meinem Künstlerdasein verdiente, konnte ich mir auch keines leisten.

Mein Mann war schwer verletzt, als ich ihn verließ. Er zahlte für mich keinen Unterhalt, übernahm aber großzügig die Raten für das gemeinsame Haus. Er hatte mich davon in Kenntnis gesetzt, lediglich für Sascha Unterhalt zu zahlen. Diese Summe reichte gerade für die Miete, Warmwasser und Strom. Ich aber war zu stolz, Geld vom Staat zu beanspruchen.

Mein Mann erlaubte mir allerdings, in meinem nun leerstehenden Atelier weiterhin Kurse zu erteilen. Ich konnte von diesem Angebot nur selten Gebrauch machen, da die Anfahrt sehr beschwerlich war. Die Bahnverbindung war nur zum Teil gesichert und ich musste, um mein Ziel zu erreichen, mit dem Bus über zahlreiche Dörfer tuckern.
Dennoch, das erwirtschaftete Geld gab mir die Möglichkeit, bei äußerster Sparsamkeit über die Runden zu kommen.

Auf meine künstlerische Tätigkeit wollte und konnte ich einfach nicht verzichten und so war ich sehr erfreut, dass meine Bewerbung um eine Gemäldeausstellung in einer Bankfiliale angenommen wurde. Ich rechnete aufgrund der Qualität meiner Bilder mit einem weiteren Erfolg und damit, dass ich schnell wieder eine solide Basis zum Leben erhalten würde.

Leider kam alles ganz anders. Als die Sommerferien endlich ins Land kamen, war die Wohnung gemütlich eingerichtet. Sascha sollte es an nichts fehlen. Ich hatte von meinem wenigen Geld im Versandhandel ein günstiges Jugendzimmer erstanden. Natürlich bekam Sascha ein eigenes Zimmer, das größte dazu. Auch einen Fernsehanschluss ließ ich in sein Zimmer legen, so dass er nichts entbehren musste.

Ich gab mich derweil mit einem „Zimmer für alles" zufrieden. Lange Regale an der einen Zimmerwand ersetzten den Schrank, der nötig gewesen wäre.

Eine kleine Vitrine fasste mein weniges Geschirr und ein paar Gläser. Allerdings sah meine Spieluhrensammlung sehr schön hinter der beleuchteten Glasfront aus. Ein kleiner Ecktisch, unter der Dachschräge aufgestellt, gab Platz für eine blau-weiße Stehlampe, Ein ausziehbarer Kieferntisch mit sechs dazu passenden Stühlen würde Esszimmertisch wie auch Arbeitstisch sein.

Gleichzeitig würden eventuelle Reiki-Patienten diesen Tisch als Behandlungsliege vorfinden. Mit einer weichen Isomatte und einer Wolldecke würde die harte Tischplatte sicherlich bequemer zum Liegen werden, so dachte ich jedenfalls.

Das absolute Highlight war aber die wunderschöne Schlafcouch, in meinen Lieblingsfarben Türkis und Rot gehalten, mit grafischem Muster und gelben Streifen. Und dann kaufte ich mir ein Luxusobjekt, eine im

Preis reduzierte Stereoanlage. Ich war überglücklich.

Das übrig gebliebene halbe Zimmer nutzte ich als Ankleideraum, denn nur dort hinein passten ein kleiner Kleiderschrank und eine Kommode für meine restliche Wäsche. Außerdem nutzte ich das Zimmer zum Bügeln. Auf der Kommode gestaltete ich mir einen kleinen Altar mit Kruzifix, Kerzen, Gesangbuch und meiner Hausbibel. So konnte ich ab und zu eine kleine Andacht halten. Auch mein altes Akkordeon fand in diesem Zimmer einen neuen Platz.

Die Küche war bis auf Spüle und Herd leider nicht möbliert und fasste wegen der Dachschrägen lediglich eine Kühl- und Gefrierkombination, einen Schrank mit Regalen, sowie einen Kunststoff-Rollwagen mit zwei Böden, der Kochlöffel, Kochtöpfe und noch ein wenig Geschirr aufnehmen konnte.

Leider hatte ich keinen Platz mehr für einen Tisch, so dass die Fensterbank als Abstellfläche dienen musste. Handwerker, die mich besuchten, meinten stirnrunzelnd: „Was, doch so viel...." Aber für mich reichten Platz und Möbel.

Letztendlich mussten Wäschetrockner und Waschmaschine angeschafft werden, denn einen Balkon hatte ich nicht, auch gab es keinen angrenzenden Garten bzw. einen Trockenraum.

Als ich dann noch die Lampen für alle Zimmer anschaffen musste, war mein von der Rathaus-Ausstellung erworbenes Geld bis auf ein paar Münzen aufgebraucht.

Im Nachhinein wusste ich, dass ich einen großen Fehler machte, als ich meinem Mann alles, was sich in unserem Haus befand, überließ. Ich hätte die Hälfte des Hausstandes für mich beanspruchen sollen. Durch meine vielen Neuanschaffungen geriet ich in eine schwierige finanzielle Situation.

Als mir die Folgen meines Handelns bewusst wurden, war es zu spät. Mir fehlten plötzlich so viele Dinge, die mir lieb geworden waren, z.B. mein Garten, der mir so große Freude gemacht hatte und in dem ich unendlich viel Zeit und Arbeit verbracht hatte. Mir fehlten meine Nachbarn, die Yoga-Gruppe, meine Langlauftruppe, meine Küchengeräte, und vor allen Dingen meine Söhne.

Nun gut, ich wusste, dass Sascha bald nachkommen würde. Aber die Wochen ohne ihn waren unerträglich und voller Langeweile.

Auch die Einkäufe waren ohne einen Pkw beschwerlich, denn der nächste Supermarkt lag einen Kilometer weit entfernt. Wie gut, dass ich wenigstens mein altes Fahrrad mitgenommen hatte.

Mit meinem Mann hatte ich abgesprochen, erst einmal für ein Jahr getrennt zu leben, bevor wir die Scheidung einreichten. Vielleicht würden wir feststellen, dass doch noch Liebe vorhanden war und wir die Kraft aufbringen konnten, unsere Probleme zu meistern.

Als Sascha dann endlich in den Sommerferien bei mir eintraf, brachte er viele Neuigkeiten mit. Sein Vater, so berichtete er, hätte in der benachbarten Stadt einen Tanzkurs belegt und bereits eine nette Tanzpartnerin gefunden.
Mir ging es nach dieser Mitteilung noch viel schlechter, und das schwarze Loch, in das ich hineingefallen war, wurde immer größer.

Die wenigen Male, die wir in den 18 Jahren unserer Ehe zum Tanzen gegangen waren, hatten sich größtenteils als schwieriges Unterfangen dargestellt. Mein Mann hatte zwei linke Füße und so war ich diejenige, die zu führen hatte. Freude hatte uns bei den Pflichtveranstaltungen, zu denen wir oft eingeladen wurden, nicht eingestellt. Dabei war ich eine sehr gute Tänzerin und obendrein recht temperamentvoll.

Sascha erzählte weiter, dass mein Mann außerdem eine Urlaubsreise geplant hätte. Außerdem hätte er neue Möbel gekauft, das

Haus zum Verkauf angeboten und um Versetzung an einen anderen Arbeitsplatz gebeten.

Mir ging das alles viel zu schnell. Ich hatte zwar eine räumliche Trennung herbeigeführt und doch sehnte ich mich danach, dass mein Mann mich noch liebte und mit mir leben wollte. Ein Wort von ihm hätte genügt und ich wäre mit wehenden Fahnen zu ihm zurückgekehrt.
Ich erinnerte mich an die Worte, in denen er mir beteuert hatte, mich über alles zu lieben und dass er mich niemals loslassen würde.
Erst jetzt wurde mir bewusst, wie lange zuvor er sich schon von mir getrennt hatte. Ich war ein bequemer Teil seines Lebens gewesen, dessen Aufgabe lediglich war, sein Dasein so angenehm wie möglich zu gestalten, die Wäsche zu machen, Kinder zu gebären und aufzuziehen, hervorragende Menüs zu zaubern und so weiter und so fort.
Der Schmerz der Erkenntnis wurde unerträglich. Es war mir kaum noch möglich, mich auf etwas anderes zu konzentrieren.
Mühsam fertigte ich per Hand Werbeplakate, die Besucher in meine Wohnung, bzw. das provisorische Atelier locken sollten. Denn Bilder hatte ich schließlich genug anzubieten. Alle Gemälde hatte ich in dem geräumigen Flur der Wohnung untergebracht. Dicht an dicht zierten sie meine Wände. Ein alter

Unterschrank nahm die restlichen gerahmten Werke und Arbeitsmappen auf.

Ich hatte von einem Bekannten eines Fotogeschäftes einen ausrangierten Kartenständer geschenkt bekommen, den ich mit selbstgefertigten Grußkarten füllte. Nun fehlte es nur noch an Besuchern bzw. Kunden.

Das Schlimmste aber war, dass ich meine Lebenslust und Kraft eingebüßt hatte und am liebsten meinem Leben ein Ende bereitet hätte. Ich hatte meinen Lebenswillen nahezu komplett verloren.

Mich um eine Anstellung in den vielen kleinen Geschäften zu bemühen, scheiterte an den vielen Absagen die ich erhielt. Schließlich hatte ich keine Lehre absolvieren dürfen. Meine Eltern hatten mir eine Ausbildung nicht erlaubt. Ich sollte heiraten und Kinder kriegen, mehr nicht. Ohne Ausbildung allerdings wollte man mich jetzt nicht einmal als Verkäuferin in einem Textilgeschäft einstellen. Mein Selbstwertgefühl war abhanden gekommen und die berufliche Situation war vollkommen verfahren und eine Verbesserung nicht in Sicht.

*

Ich tauchte auf aus meinen trüben Gedanken, als ich die Kirche erreichte. Die Andacht zum Jahresende war gerade vorüber und nur wenige Kirchgänger verließen das heilige Gemäuer. Ich wartete einen Moment, dann trat ich ein und setzte mich auf einen der vorderen Plätze. Ich wollte alleine sein und meinen Schmerz wie auch meine tiefe Trauer vor Gott bringen.

Ich schloss die Augen und dachte an die Zeit zurück, als ich Robert kennen lernte. Diese Tage schienen gemacht zu sein aus dem Silberfaden eines Traumes, von Engeln gesponnen, Tage aus einem Märchenbuch.

Sonntag für Sonntag stand er am Eingang der Kirche, freundlich lächelnd, allen Kirchenbesuchern ein Gesangbuch in die Hand gebend. Vom ersten Tag an war ich fasziniert vom warmen Glanz seiner Augen und vom Klang seiner Stimme. Nein, ich wagte nicht, von ihm zu träumen, sicherlich war er verheiratet. Die meisten gut aussehenden Männer sind bekanntlich in festen Händen.

Dann hatte er plötzlich gefehlt. Schmerzhaft wurde mir bewusst, dass ich mich an diesen Unbekannten gewöhnt hatte. Für mich gehörte er zur Kirche und zum Sonntag wie die Predigt des Pfarrers. Auf meine Frage, ob der Küster wohl Urlaub hätte, erzählte mir der Pfarrer, dass dieser zum wiederholten Male im städtischen Krankenhaus läge und um sein Leben kämpfe. Bei der Vorstellung, dieser liebe Mann hätte einen schweren Unfall erlitten, verkrampfte sich schmerzhaft mein Herz.

„Machen Sie sich keine Sorgen", meinte der Pfarrer leichthin. „Dieser Mann macht sich das Leben selber schwer. Er hat in den letzten Jahren viele Zusammenbrüche erlebt. Leider ist er dem Alkohol mehr als nötig zugetan und lebt sehr exzessiv. Ich kann ihm leider nicht helfen. Er hat eine äußerst schwierige Persönlichkeit und steckt leider auch privat in ziemlichen Schwierigkeiten."

Oh, wie maßlos erstaunte mich diese Offenheit des Pfarrers einer ihm fremden Frau gegenüber und wie bedauerte ich, dass er so wenig Gutes von seinem Küster berichtete, obwohl er doch als Gottesmann hinter ihm stehen sollte.

Ich ging von diesem Tage an regelmäßig, fast sogar täglich, in die Kirche, um für den Unbekannten zu beten und hoffte auf ein Wunder.

Eines Sonntags stand er wieder, als wäre nichts gewesen, am Eingangsportal der Kirche. Für mich fing an diesem Tag die Sonne an zu scheinen und meine Gebete waren voller Dankbarkeit. Ich hoffte auf ein Wiedersehen, wenn nicht sogar auf ein kurzes Gespräch.

Diese Gelegenheit bot sich schon eine Woche später. Das herzliche und fröhliche „Hallo" bei meinem Eintreten ließ mich auf einer rosaroten Wolke schweben. Kaum konnte ich meine Gedanken zur Ruhe bringen und so überlegte ich, wie ich diesen Mann zu einem Gespräch bzw. zu einem Treffen bewegen konnte.

Mir fielen die Vorträge ein, die montagabends im Gemeindehaus stattfanden. Ich war schon einige Male dort gewesen. Da mein Sohn noch bis zum Ende der Herbstferien bei seinem Vater bleiben würde, war ich die meiste Zeit alleine und so boten mir diese

Abende die Möglichkeit, mit anderen ins Gespräch zu kommen.

Nichts lag näher, als beim Verlassen der Kirche zu fragen, ob er am nächsten Abend den Dia-Vortrag über Kirche, Käuze und Kuriositäten ansehen würde. Es würde sicherlich ganz vergnüglich sein.

Zu meinem großen Erstaunen lehnte er nicht ab, meinte nur, er hätte sehr viel zu arbeiten und wäre unterwegs. Er würde aber kommen, wenn es ihm möglich wäre.

Der Sonntag verging wie im Fluge und auch der Montag schien wie durch Zauberhand zu verstreichen. Aufgeregt war ich zum Gemeindehaus gelaufen, viel zu zeitig und hastig. Diese Eile strafte nun ein fast leerer Gemeindesaal, in dem ich mich unschlüssig umschaute. Wie konnte ich auch nur glauben, dass es dieser attraktive Mann ernst meinen konnte, wie auch nur vermuten, dass ich ihm überhaupt etwas bedeuten könnte. Ich kannte ja nicht einmal seinen Namen.

Unschlüssig blätterte ich noch in einigen Heften und Prospekten herum, während sich der Saal langsam füllte.

Das Publikum bestand wie beim letzten Mal aus älteren Damen und Herren, die ihrer Langeweile und Einsamkeit für ein paar

Stunden entfliehen wollten. Ich nahm in der letzten Reihe Platz, immer noch hoffend und dennoch erfüllt von einem Hauch Traurigkeit. Das Licht verlosch, der Diaprojektor summte bereitwillig, als noch jemand schnaufend und hustend die Treppe herauf eilte.

Verstohlen blickte ich mich um und wie rasend begann mein Herz zu klopfen, als ich ihn erblickte. Er setzte sich an meine Seite, so als wäre es das Selbstverständlichste der Welt, mit einem zauberhaften Lächeln und einer Selbstsicherheit, die mich erstaunte.
Ich wusste, vom ersten Augenblick an hatte ich mein Herz verloren, verloren an diesen wundervollen Unbekannten, der nun neben mir saß, als gehöre er seit Urzeiten an meine Seite.
Die Worte des Vortrags rauschten an mir vorbei, ebenso die vielen bunten Bilder. Ich hörte das Lachen der Menschen um mich herum und fühlte mich wie in einem endlosen Traum.

Mein Begleiter schien nervös zu sein, da er immerzu seine Hand streichelte und sich in den Nacken fasste. Ich machte mir so meine Gedanken darüber, hätte ich doch gerne seine Hand ergriffen und festgehalten. Vielleicht ist es ein Zeichen von Unsicherheit, dachte ich bei mir, während ich versuchte, mich ein wenig auf den Vortrag zu konzentrieren.

Irgendwann wurde das Licht wieder angeschaltet und schmerzhaft wurde mir bewusst, dass alles im Leben mal ein Ende hat, besonders aber die Träume.

Der Mann neben mir erhob sich hastig.

„Trinken wir noch einen Kaffee zusammen?", fragte er mich mit seiner samtig rauen Stimme.

„Ja, gerne", hörte ich mich ziemlich einsilbig daherreden.

Wir machten uns auf den Weg zu einer kleinen Kneipe in der Nähe des Bahnhofs. Die Luft war rauchgeschwängert, als wir eintraten und einen Platz an der Theke suchten. Ein Hocker war noch frei und ich nahm darauf Platz. Wir bestellten zwei große Tassen Kaffee und dann ließ er mich für kurze Zeit allein.

Warme, wache Augen blickten mich ernsthaft an, als er zurückkam und sich neben mich stellte. Er hatte Zigaretten geholt. Ich bemerkte, dass seine Hand stark angeschwollen war.

„Das waren die Bienen meines Vaters", meinte er. „Manchmal stechen sie eben, das bleibt nicht aus! Dafür habe ich Unmengen leckeren Honigs geerntet. Mein Vater ist derzeit schwer krank und somit habe ich diese Arbeit übernommen. Aber es tut schon gewaltig weh, wenn die kleinen Biester zustechen."

Meine Hände waren trotz des warmen Sommerabends vor Aufregung sehr kalt. Noch nie zuvor hatte ich einen fremden Menschen vertraulich berührt und nun musste ich erleben, dass ich wie selbstverständlich meine Hand auf die seine legte und sagte, etwas Kühle täte seiner Hand sicher sehr gut.

Die Vertraulichkeit dieser Berührung traf mich wie ein Schlag. Innerlich zitternd zog ich langsam meine Hand zurück, doch Robert Mahler, wie er sich vorstellte, hielt sie fest und legte sie wieder auf seine Hand zurück.

Ich kann mich kaum noch an Einzelheiten erinnern. Ich lauschte dem Klang seiner Stimme, die Wärme ausstrahlte, als er mir erklärte, dass er eigentlich sehr zurück gezogen lebe und sich schon lange nicht mehr so wohl gefühlt hätte wie an diesem Abend.

Mir war, als öffne Gott selber den Himmel und ließe einen Strahl seiner Liebe über mich gleiten. Nach all den Schmerzen der vergangenen Jahre und nach den vielen herben Enttäuschungen wurde mir etwas geschenkt, das ich mit Worten nicht beschreiben und mit meinem Verstand nicht fassen konnte. Es war Liebe auf den ersten Blick.

Ich erzählte Robert von meinem neuen Leben, von geplatzten Träumen und davon, dass ich momentan keine Zukunftspläne mehr hätte.
„Darf ich mir mal deine Gemälde ansehen?", fragte Robert mich. „Ich habe eine Schwester, die Manuela. Sie hilft mir immer, wenn ich nicht weiter weiß. Ich würde ihr gerne ein Bild schenken." Ach ja, da war es also schon, das vertraute Du.

„Magst du dir meine Ausstellung in der Bank ansehen?", fragte ich neugierig. „Sie beginnt in zwei Wochen. Die Vernissage ist an einem Freitagabend. Es werden viele geladene Gäste anwesend sein. Es gibt eine musikalische Untermalung und auch ein leckeres Buffet."
„Na selbstverständlich komme ich", lächelte er. Dann bringe ich meine Schwester gleich mit. Sie wird dir gefallen!"
„Wie schaffst du denn die Bilder zur Bank?", erkundigte Robert sich aufmerksam. „Kann ich dir in irgendeiner Form helfen?"

„Ich bekomme zum Glück Hilfe vom dortigen Hausmeister", antwortete ich. „Es ist lieb von dir, dass du mir deine Hilfe anbietest. Danke. Ich heiße übrigens Franziska."

„Eine Franzi", sinnierte er.
„Bitte nenne mich nicht Franzi", bat ich ihn leise. „Ich habe diese Kurzform in meiner Heimatstadt zurück gelassen. Immer, wenn ich meine Arbeit gut gemacht hatte, wurde ich so genannt. Lief aber mal etwas nicht so gut, dann wurde ich zur Franziska. Der Ton war so hart, dass ich all die Jahre meinen Namen nicht mochte und mich überall Franzi nennen ließ. Aber das alte Leben hat nun ein Ende gefunden."

„Franziska finde ich sowieso viel schöner", grinste er breit.

Die Zeit verging wie im Fluge. Robert zahlte den Kaffee und brachte mich fast bis zur Wohnungstür.

„Am nächsten Wochenende ist Hafenfest", bemerkte er leise. „Gehe mal dort hin, es wird dir gefallen. Du brauchst ein wenig Abwechslung."

„Kommst du auch?" wollte ich wissen.

„Nein", sagte er. „Ich muss am Wochenende arbeiten. Weißt du, ich fahre für eine Bäckerei die Brote und Brötchen zu den einzelnen Filialen. Da habe ich schwer zu tun, um alles zu schaffen. Du siehst ja, mit meinem Hinkebein bin ich nicht sehr schnell. Zum Glück habe ich diese Arbeit bekommen, für andere Menschen bin ich absolut untauglich." Erst da bemerkte ich, dass Robert beim Gehen leicht humpelte. Er bemühte sich sehr, dieses zu verstecken.

„Was ist denn geschehen, dass du diese Gehbehinderung hast?" fragte ich.

„Das ist eine lange Geschichte", antwortete Robert. „Die erzähle ich dir ein anderes Mal". Wir verabschiedeten uns. Etwas enttäuscht war ich schon, dass Robert mich nicht um ein weiteres Treffen bat. Allerdings wusste ich ja, dass wir uns spätestens am Sonntag in der Kirche wieder treffen würden.

Kaum zu Hause eingetroffen, begegnete mir im Hausflur meine Vermieterin.

„Na, haben Sie einen schönen Abend gehabt?", fragte sie mich. „Es wird auch Zeit, dass Sie etwas unternehmen. Sie haben sich ja regelrecht eingeigelt. Oh, Sie haben ganz rote Wangen bekommen. Haben Sie etwa eine Bekanntschaft gemacht?" wollte sie neugierig wissen.

„Ja", entgegnete ich. „Es war ein schöner Abend, aber bitte entschuldigen Sie, ich möchte jetzt schlafen gehen."

„Schon gut", brummte meine Vermieterin. „Kommen Sie morgen früh um zehn doch zu einer Tasse Kaffee. Ach nein, noch besser, kommen Sie schon um halb zehn zum Frühstück. Sie sehen so aus, als hätten Sie nicht genug zu essen bekommen in letzter Zeit. Gute Nacht, meine Liebe, und schlafen Sie schön."

„Danke für die Einladung und Gute Nacht!" und damit war ich auch schon im Treppenhaus verschwunden.

*

Ich schlief ruhig und traumlos in dieser Nacht. Am anderen Morgen stand ich zeitig auf und ließ mir mein aufgebackenes Brötchen mit Marmelade schmecken. Halb zehn war mir zu spät für ein Frühstück, aber ich könnte dann höflicherweise noch eine Kleinigkeit zu mir nehmen. Ich konnte ja nicht ahnen, welch üppiges Frühstück meine Vermieterin zubereitet hatte. Auf den blanken Holztisch hatte sie einen riesigen Korb mit verschiedenen Brötchensorten gestellt,

Salate hatte sie extra selbst gemacht. Mehrere Marmeladen, Wurst- und Käsesorten, gekochte Eier, geräucherte Forellen und Lachs standen auf dem Tisch. Kerzen brannten. Alles war mit fröhlich buntem Geschirr eingedeckt. Es duftete herrlich nach Kaffee und überall in der Küche standen und hingen Blumen.

Auf der Anrichte lagen Unmengen an Obst und Gemüse. Die Küche zeigte, dass sie gut und auch gerne genutzt wurde.

„Nun setzen Sie sich doch endlich", forderte meine Vermieterin mich auf. Ich nahm zögernd in der geräumigen Sitzecke Platz. Bislang war ich es nicht gewohnt, dass man um mich so viel Aufheben machte. Fast peinlich war mir das Ganze.

„Greifen Sie tüchtig zu", lud sie mich zum Essen ein. „Sie müssen was auf die Rippen kriegen."

„Danke, aber ich habe eigentlich keinen großen Hunger", gab ich zur Antwort.

„Na, dann müssen Sie sich wohl erst etwas von der Seele reden, damit wieder Platz im Bauch ist. Tee oder Kaffee?", fragte sie mich.

Ich entschied mich für Kaffee und holte erst einmal tief Luft.

„Übrigens, ich heiße Trude. Wir sollten das dumme Sie weglassen. Schließlich wohnen wir nun gemeinsam unter einem Dach. Und

Frauen sollten doch wohl zusammenhalten," lachte sie mich an.

„Weißt du, ich bin geschieden", erklärte sie mir weiter. „Mein Mann hat mich so oft betrogen, da hatte ich eines Tages einfach die Nase voll. Meine Söhne stehen zu mir und der Vater meiner Kinder zahlt genügend Unterhalt. Allerdings hat er sich sehr schnell mit einer neuen Lebenspartnerin getröstet. Die zieht ihm jetzt das Geld aus der Tasche und er merkt es nicht einmal. Aber so lange ich meinen Unterhalt bekomme, soll es mir egal sein", erzählte sie launig. „Aber nun berichte doch, mit wem warst du denn gestern aus?"

Ich erzählte von Robert Mahler. Sie war nicht so recht einverstanden damit, dass ich von ihm schwärmte.

„Weißt du, Franziska", begann sie. „Das ist eine heikle Sache. Der Robert ist immer noch mit seiner Helga verheiratet. Die beiden haben eine Kneipe nahe der Alten Liebe. Eine richtige Spelunke ist das. Sie haben sich damit finanziell total übernommen und das Gesindel, das sich dort herumtreibt, lässt auch nicht viel Geld in dem Laden zurück. Es ist keine gute Gegend dort. Außerdem trinkt er zu viel und ist auch sonst nicht richtig gepflegt. Er hat im Grunde einen guten Charakter, aber das Leben hat ihm böse mitgespielt. Hat er dir von seinem Unfall erzählt? Das hat ihn total zerbrochen. Wir alle wissen, er betäubt seine Schmerzen mit Alkohol."

Sie wollte weiter berichten, doch unterbrach ich sie heftig. Ich erzählte von ihm und seinem vornehmen vorbildhaften Charakter, seiner Warmherzigkeit, seinem Hilfsangebot und bekräftigte, wie sehr ich mich freue, ihn am Sonntag wieder zu sehen.

Trude merkte, dass ich eine so ganz und gar andere Meinung über Robert vertrat und wechselte schnell das Thema.

Wir erzählten uns Kuriositäten aus unseren erlebten und gescheiterten Beziehungen, unseren Plänen und Enttäuschungen. Wir fühlten uns vereinsamt und frustriert und wir lobten unsere Söhne in den höchsten Tönen. Es war recht amüsant und die Zeit bis zum Mittag verlief zusehends.

„Ich schicke dir heute Nachmittag mal den Vater meiner Kinder vorbei", erwähnte sie beim Abschied. „Der hat Geld genug und kann mal ein gutes Werk tun. Ich sag ihm, er soll dir ein Bild abkaufen, damit du genügend zu essen bekommst. Außerdem soll dein Sohn es doch auch gut haben. Bald ist Weihnachten, und du brauchst dann Geschenke für deine Kinder."

Ich staunte nicht schlecht, als der Exmann meiner Vermieterin am Nachmittag bei mir klingelte. Etwas unbeholfen trat er in die winzige Wohnung ein, um dann aber seiner Bewunderung kund zu tun.

Ob ich wüsste, fragte er, dass sein Vater vor Jahren in diesen Räumen ein Atelier gehabt hätte.

Ich verneinte verwundert. Das hatte Trude mir nicht erzählt, obwohl wir uns in der Kürze des Vormittags doch schon ausgiebig ausgetauscht hatten.

Er freute sich sichtlich darüber, dass die Kunst in den Räumen wieder Einkehr hielt und erinnerte sich an kleine Begebenheiten.

Dann entdeckte er eine Moorlandschaft in kräftigen Brauntönen. Dieses Aquarell gehörte zu meinen älteren Werken, aus einer Zeit, da ich noch von anderen großen Künstlern abgemalt hatte. Ich wollte dieses Bild nicht so gerne verkaufen, da es sich um kein eigenes Gemälde handelte. Ihn schien dieser Umstand nicht zu stören und er nahm sogleich ein zweites Bild in Augenschein, da er meinte, die Preise, die ich ihm nannte, wären doch äußerst günstig und dann könnte er beide Bilder über sein Sofa hängen. Schließlich hätten seine Söhne und seine Exfrau die wertvollsten Bilder seines Vaters erhalten. Die anderen hätte er gut verkaufen können und seine Wände wären kahl.

Ich war überwältigt, als er die Bilder gleich bar bezahlte. Für einige Wochen konnten Sascha und ich von diesem Geld zehren. Außerdem stand die Ausstellung bevor. Es würde eventuell weitere Verkäufe geben.

Am Abend schaute Trude noch kurz in meine Wohnung. Sie war leicht angeheitert, hatte Besuch von ihrem neuen jugendlichen Freund gehabt. Jedoch war nicht alles so gelaufen, wie sie es sich wünschte und vorstellte. Sie vermutete, er habe eine jüngere Freundin und würde sie bald verlassen.

„Weißt du, liebe Franziska", begann sie. „Horst kommt immer häufiger, um sich von mir Geld zu leihen. Er findet keine Arbeit, obwohl er wohl viele Bewerbungen schreibt. Er ist immer so liebevoll, so aufmerksam. Ich kann ihm dann nichts abschlagen. Es tut so gut, wenn er mich in die Arme nimmt. Er ist so rücksichtsvoll, so lieb. Manchmal bleibt er auch über Nacht, aber in letzter Zeit immer weniger. Ich habe ihn letzte Woche im Nachbarort zufällig mit einer jungen blonden Schönheit gesehen. Ich habe große Angst, ihn wieder zu verlieren."

Bestürzt registrierte ich, dass Trude wohl ihren jugendlichen Liebhaber aushielt und es nicht merkte, wie sehr sie ausgenutzt wurde.

Es tat weh, aber ich konnte ihr meine Befürchtungen nicht mitteilen.

So tröstete ich sie mit banalen Worten.

Nach diesem wundervollen Tag öffnete ich am späten Abend eine Flasche Roséwein und feierte bei Kerzenschein und klassischer Musik meinen ersten kleinen Erfolg.

Hoffnung machte sich in meinem Herzen breit und ich nahm mir vor, am nächsten Tag auf Motivsuche zu gehen und wieder ernsthaft meiner Kunst nachzugehen.

Am nächsten Morgen klopfte es schon früh an meine Wohnungstür. Trude stand vor mir, noch im Nachtgewand, und bat mich um eine Schmerztablette. Sie hätte in der Nacht unglücklich gelegen und könne sich überhaupt nicht bewegen, jammerte sie.

Leider hatte ich Schmerzmittel nicht im Arzneischrank. „Sag mal, Trude, darf ich dir nicht mal eben Reiki geben?", fragte ich sie.

Schließlich hatte ich erst vor kurzem den ersten Grad dieser Energiearbeit bei einem sündhaft teuren Seminar gemacht und konnte in diesem Fall meine neuen Erfahrungen sofort ausprobieren.

Trude hatte noch nie etwas von Reiki gehört. Nach einer kurzen Erläuterung legte sie sich dann bereitwillig auf den Esszimmertisch und ließ die Behandlung über sich ergehen. Fröhlich sprang sie eine gute Stunde später auf, umarmte mich und dankte mir. Es ging ihr wesentlich besser. Sie strahlte mich an und lud mich für den nächsten Tag zu einem Teller Suppe ein.

Ich bedankte mich und freute mich darüber, dass ich ihr hatte helfen können. Kurze Zeit später klingelte es schon wieder an meiner Tür und Trude stand erneut vor mir, drückte mir einen Zehner in die Hand und meinte nur: „Der ist für dich. Den brauchst du nicht zu versteuern. Kauf dir was Schönes dafür zu essen oder gebe das Geld auf dem Hafenfest aus. Du bist so eine tolle Frau. Was hast du nur für einen Dödel geheiratet, der das nicht gesehen hat. Wie bekloppt muss man denn sein, dich einfach gehen zu lassen." Sprach es und eilte dann beschwingt die Treppe hinab zu ihrer Wohnung.

Leise schloss ich die Tür und ging ins Badezimmer, um mich endlich fertig zu machen für neue kreative Pläne.

Nachdem ich gefrühstückt hatte, band ich mir meine Malerschürze um und räumte die Malsachen auf den Tisch. Aber dann hatte ich eine Idee. Ich wollte mein neues Leben auf Papier fest halten, nicht gemalt, sondern als Collage.
So suchte ich in alten Illustrierten nach Fotos, die ich miteinander verbinden konnte. Ich schnippelte und riss die einzelnen Bilder aus den Zeitungen heraus und fügte alles zusammen.

Das Bild wurde langsam immer klarer und ich bekam Spaß an dieser Arbeit. Wie besessen arbeitete ich, bis ein Anruf mich aus meinem Schaffen riss.
Es war Robert, der mich fragte, ob er noch kurz vorbeikommen könnte. Ich hatte mir für heute nichts Besonderes vorgenommen. Und so verabredeten wir uns für den Abend.

Wieder einmal erklärte Robert, dass er zu arbeiten hätte und nur wenig Zeit mitbrächte. Dennoch freute ich mich, ihn so unverhofft wieder zu sehen.
Robert kam noch vor der verabredeten Zeit, mühsam schnaufend erklomm er die schmale Treppe. In der Hand hielt er eine große Tüte.

„Meine Güte", stöhnte er, „musstest du dir dieses Storchennest wirklich aussuchen. Wie soll ein alter Mann wie ich denn die ganzen Treppenstufen schaffen." Dabei drückte er mir die braune Tüte in die Hand. „Hier", sagte er. „Ich habe euch etwas zu beißen mitgebracht. Sascha braucht bestimmt eine Menge zu essen, schließlich wächst er noch.
Auch Kuchen habe ich dabei. Leider habe ich schon ein paar Mal abgebissen, ich hatte Hunger, aber das macht dir doch wohl nichts – oder?"
Neugierig schaute ich in die Tüte. Alle möglichen Brötchensorten waren darin enthalten. Schlaraffenland, ich liebe dich.
Und dann noch der leckere Butterkuchen. Ich fand es lustig, einen angebissenen Kuchen zu erhalten und lachte Robert an.

„Danke, Robert", freute ich mich. „Woher weißt du, dass ich heute noch nicht eingekauft habe. Ach, der Sascha wird sich sehr über diese Vielfalt freuen. Er isst tatsächlich große Mengen."

„Ist halb so wild", meinte Robert verlegen. „Die alten Brötchen kommen sonst alle weg. Da dachte ich, ich tue mal ein gutes Werk. Kann sein, dass ich dir jeden Tag was vorbei bringe."

Ich war gerührt und sagte ihm dieses auch.

„Ihr alle verwöhnt mich hier so. Das habe ich noch nie erlebt", sagte ich leise. „Trude kocht mir oft was Schönes, du sorgst für Frühstück und Abendbrot. Mir fehlen echt die Worte".

„Nun mach es man nicht schlimmer, als es ist", meinte Robert leichthin. „Ich beiße ja immer einen kleinen Teil davon ab. Aber mir fehlt die Zeit, richtig zu essen. Hauptsache ist doch, dass du mir deshalb nicht böse bist. So, Franziska, ich muss leider wieder los. Ich muss noch zum Großmarkt, um Wurst, Senf und Toastbrot einzukaufen. Bis bald!"

Und schon war Robert wieder verschwunden.

Natürlich freute sich Sascha am Abend über die vielen leckeren Sachen und Kuchen hatten wir uns schon lange nicht mehr gegönnt.

Zu später Stunde klingelte noch einmal das Telefon. Wieder war Robert am Apparat.

„Du Franziska", begann er sofort. Ich habe mir kurzfristig überlegt, auf dem Hafenfest einen Würstchenstand aufzubauen. Das bringt mir nebenbei ein paar Mark Verdienst.
Frag bitte mal den Sascha, ob er mir helfen will. Er ist doch ganz plietsch und lernt bestimmt schnell. Und Taschengeld kann überhaupt nicht groß genug sein."
Da Sascha im Nebenzimmer weilte und gerade fernsah, konnte ich ihn sofort fragen und die Antwort weiterleiten.
„Klar, Robert", antwortete ich. „Sascha freut sich schon darauf."
So kam Robert am Wochenende, um Sascha abzuholen. Am Samstagnachmittag beschloss ich, doch zum Fest zu gehen und bei Robert und Sascha eine Bratwurst zu essen.

Wieder einmal musste ich durch den ganzen Ort laufen. Aber ich scheute, den Bus zu nehmen. Schließlich hatte ich es nicht so üppig. Und jung genug war ich schließlich noch. Jeder Gang macht schlank und hält fit, war meine Devise.

Es war gar nicht so leicht, in der Menschenmenge die Wurstbude zu finden. Als ich die beiden entdeckt hatte, blieb ich in sicherer Entfernung stehen, um mir das Ganze anzuschauen. Robert und Sascha hatten alle Hände voll zu tun. Sie unterhielten sich bei der Arbeit und lachten

miteinander. Sie verstanden sich gut und mein Herz wurde weit. Es sah aus, als ob die beiden schon ihr ganzes Leben zusammen wären, fast so wie Vater und Sohn.
Die Menschen standen Schlange vor dem kleinen Stand.
Fröhlich kam ich näher heran, stellte mich an und war dann endlich auch an der Reihe. Es versteht sich von selbst, dass ich meine Bratwurst nicht bezahlen musste und sogar noch eine mehr bekam. Robert versprach, auf Sascha aufzupassen und ihn nach getaner Arbeit wieder zurück zu bringen.

Mein Sohn war wie ausgewechselt, als wir abends noch ein wenig zusammen saßen.
Er erzählte mir begeistert, wie nett und fürsorglich Robert zu ihm gewesen wäre und dass er ihn behandelt hätte, wie einen Freund.

„Weißt du, Mama", meinte er, „den halte bloß fest. Der passt zu dir. Das ist ein ganz Lieber und er scheint dich echt zu mögen. Auf jeden Fall wollte er viel von mir wissen, ob wir finanziell über die Runden kommen, was ich später arbeiten möchte, ob ich in der Schule gut mitkomme, ob er mir irgendwie helfen kann. Ein cooler Typ ist das. Und schau mal, was er mir geschenkt hat!" und er zeigte mir eine blaue Jeanstasche, die sicherlich als Sporttasche gut geeignet war.

Ich freute mich sehr, dass Sascha eine männliche Bezugsperson gefunden hatte. Mir war klar, dass er seinen Vater vermisste. Doch darüber sprachen wir nie. Er schien seinem Vater die Gleichgültigkeit übel zu nehmen, mit der dieser mich bedachte.

In der kommenden Woche gab es für mich viel zu tun. Am Donnerstag lud ich mit dem Hausmeister der Bank die frisch gerahmten und auf Hochglanz gebrachten Aquarelle in den Lieferwagen. Die Stellwände standen im Foyer schon bereit und wir begannen mit dem Aufhängen der Bilder. Mittags machten wir eine kleine Pause. Danach ging es weiter und wir hatten bis zum Abend flott zu tun.
Als alle Werke endlich an ihrem Platz hingen, waren wir absolut zufrieden mit unserer Arbeit. Am nächsten Morgen, so nahm ich mir vor, würde ich alle Glasscheiben noch einmal putzen. Für diesen Tag hatten wir genug geleistet.

Vor lauter Aufregung schlief ich sehr schlecht und wachte am nächsten Morgen wie gerädert auf. Mit Fensterglas-Spray und Tuch bewaffnet eilte ich zu meiner Ausstellung, um alle Fingerspuren auf den Bildern zu beseitigen. Dann gönnte ich mir einen Besuch beim nächsten Frisör, der es dann auch tatsächlich schaffte, aus meiner wilden Lockenmähne eine elegante Frisur zu zaubern. Sorgfältig wählte ich für die bevorstehende Vernissage einen eleganten Hosenanzug aus und schminkte mich sorgfältig. Auch Sascha putzte sich heraus mit Jeans und neuem Ringelshirt. Aufgeregt machten wir uns viel zu früh auf den Weg.

Die Bank hatte ihre Türen schon geöffnet. Wir wurden äußerst zuvorkommend begrüßt und dem Filialleiter vorgestellt.
Die Musikanten der Musikschule probten bereits und ein Partyservice lieferte leckere Häppchen und dazu passende Cocktails. In der einen Ecke des Raumes stand ein Tisch mit Sekt und Orangensaft bereit. Die Vernissage konnte beginnen.

Kaum, dass ich mich in dem großen Foyer umgesehen hatte, kamen auch schon die ersten Besucher. Neugierig sahen sie sich um und ich beobachtete still ihre Reaktionen. Von Robert und seiner Schwester fehlte noch jede Spur.
Ich kam gar nicht dazu, darüber lange nachzudenken, denn schon bald wurde ich in interessante Gespräche verwickelt.
Unbefangen fragten die Gäste mich nach Herz und Lust aus über die einzelnen Motive, die Techniken und über mein Leben.
Die Musik erklang und der Filialleiter hielt eine wundervolle Eröffnungsrede.

Der Ehemann meiner besten Freundin verlas eine lange Laudatio. Ich freute mich sehr, die beiden an meiner Seite zu haben. Es gab mir Sicherheit.

Der Sekt wurde großzügig gereicht und die Feier war bereits in vollem Gange, als ich Robert entdeckte, der im roten Sakko und schwarzer Hose interessiert vor einem meiner Gemälde stand. Begleitet wurde er von einer zierlichen Person, ebenfalls mit dunkler Hose und roter Jacke gekleidet. Die dunklen Locken passten gut zu dem schmal geschnittenen Gesicht. Das also war Manuela.

Es schien so, als könnte Robert meine Nähe fühlen. Er drehte sich in meine Richtung und kam auf mich zu. Strahlend stellte er mich seiner Schwester vor. Wir verstanden uns auf Anhieb. Leider fanden wir an diesem Abend nur wenig Zeit füreinander.

Der erhoffte Verkaufserfolg blieb leider aus. Lediglich ein Bild mit integrierter Uhr und ein Blumenbild fanden neue Besitzer. Aber es blieb abzuwarten. Schließlich würden meine Bilder noch drei lange Wochen in der Bank zu bewundern sein.

Die Presse kam auf mich zu und die obligatorischen Fotos wurden gemacht. Das Interview dauerte länger, als ich angenommen hatte. Endlich kehrte Ruhe ein, doch Robert und Manuela hatten die Ausstellung zu meinem großen Bedauern bereits verlassen.

Ich wollte mich gerade zum Gehen fertig machen, da wurde ich scheu von der Seite angesprochen.

„Geben Sie auch Aquarellkurse?", wollte die elegante Dame mit dem wuscheligen Engelshaar neben mir wissen.

„Ich habe leider noch keine Malgruppe zusammen bekommen, aber ich unterrichte schon seit Jahren", beantwortete ich diese Frage.

„Meine Freundin und ich würden gerne zu Ihnen kommen. Haben Sie eine Karte für mich, damit ich Sie anrufen kann?"

Welch ein Glück, ich hatte gerade preiswert Visitenkarten drucken lassen. So gab ich ihr eine davon und wir verabschiedeten uns glückstrahlend. Meine neue Schülerin, weil sie endlich etwas Neues lernen konnte und ich, weil ich endlich beruflich Boden unter die Füße bekam. Alles entwickelte sich positiv.

Ganz lustig wurde es, als Robert mich am nächsten Tag anrief und fragte, ob ich ihm das Malen beibringen könnte.

„Deine Bilder sind einfach eine Nummer zu groß für mein schmales Budget", meinte er lächelnd. „Aber wenn ich meiner Schwester ein schönes Bild male, dann freut sie sich bestimmt. Sie ist ein wahrer Engel und ich möchte ihr so gerne ein Weihnachtsgeschenk machen."

Bereits am Abend saß Robert an meinem Arbeitstisch und lernte das Farbenmischen.
Mit großer Freude war er bei der Arbeit. Von nun an kam er nahezu täglich zum Malen.
Meistens verbrachten wir anschließend noch eine gute Stunde bei einem alkoholfreien Getränk und redeten über Vergangenes.
Eines Abends bat Robert mich, aus meiner Gedichtsammlung etwas vorzulesen. Er war sehr interessiert an meinem Leben und an allem, was mich bewegte.
Ich holte meine Aufzeichnungen aus dem Regal und fing an zu lesen.
Auf einmal bemerkte ich, dass etwas nicht stimmte. Robert saß still am Tisch, den Kopf in die Hände gestützt.
Ich hielt inne und stellte bestürzt fest, dass lautlos Tränen über sein Gesicht liefen.
Ich fragte ihn, warum er denn weine.
„Ich bin so unendlich traurig über das, was du schreibst und was du alles erlebt hast", sagte er leise.

Noch nie hatte jemand um mich geweint. Es berührte mich sehr.
Noch nie hatte es jemanden gekümmert, wie es mir ging.

Nach einem schweren Autounfall, der beinahe mein Leben gekostet hatte, verlangte man von mir vollen Arbeitseinsatz mit Kind, Haus und Hof.
Als ich während meiner zweiten Schwangerschaft Blutungen bekam, beinahe mein Kind verlor und monatelang das Bett hüten musste, bekam ich nur Vorwürfe und dumme Sprüche. Andere würden auch Kinder bekommen, ich solle mich nicht so anstellen.

Und als ich bei Freunden auf der Treppe ausrutschte und besinnungslos aufwachte, waren mein Göttergatte und die Freunde gerade dabei, einen Glaser herauszufinden, der die zu Bruch gegangene Glasscheibe der Zimmertür auswechseln könnte.

Alle diese Begebenheiten hatte ich in Verse gefasst. Robert war der erste, dem ich meine Gedichte vorlas und er weinte um mich.
Ich war betroffen und fassungslos.
Eine Welle tiefer Zärtlichkeit und Liebe überflutete mich. Wir setzten uns auf meine Schlafcouch. Zärtlich glitten seine Hände über meinen Körper. Er wiegte mich still in seinen Armen. Doch dann erlebten wir, wie unsere Hände anfingen, uns näher zu erforschen. Begehren erwachte und wir wollten uns näher sein, als jemals zuvor.

Leider verlief dann alles anders als gedacht, denn Robert ließ stöhnend von mir ab.

Ich stellte keine Fragen, denn mir war klar, dass er beizeiten alles erzählen würde.

Und schon sprudelte es nur so aus ihm heraus. Er erzählte mir von einem schweren Unfall, den er in Spanien erlitten hatte.

Um dem wachsenden Schuldenberg zu entrinnen, hatte Robert alle Arbeiten angenommen, die er bekommen konnte, während seine Frau die Kneipenarbeit so gut wie alleine bewältigen musste. Und so entschied er sich, Gefahrentransporte zu übernehmen, die ihn häufig ins Ausland führten.

Gefährliche Wege hatte er oft hinter sich lassen müssen und häufig war die Angst sein Begleiter. Die Straßen waren schlecht und unwegsam, die Fracht meist hochexplosiv.

Eines Tages, er hatte gerade eine giftige Substanz ausgeliefert, wollte Robert noch ein wenig in den Ort gehen, bevor er sich mit dem Lkw auf den langen Heimweg machte. Auf dem Zebrastreifen wurde er von einem heranrasenden Auto übersehen.

Die Folgen waren schrecklich. Er wurde lebensgefährlich verletzt und verbrachte viele Monate im Krankenhaus. Es war ein Wunder, dass er überlebt hatte.

Robert lachte bitter. „So muss sich eine Marionette fühlen, wenn ihr alle Fäden abgeschnitten werden", meinte er und erzählte mir von seinen vergeblichen Versuchen, die unerträglichen Schmerzen mit Medikamenten und Alkohol zu betäuben.

„Seit ich dich kenne, Franziska, habe ich keinen Tropfen Alkohol mehr angerührt. Ich will mein Leben wieder in den Griff bekommen. Ich bin bereits ganz solide geworden."

Bei diesen Worten huschte schon wieder ein kleines Lächeln über sein Gesicht.

„Aber ich bin seit diesem Unfall kein richtiger Mann mehr. Sollten wir das jemals wieder hinkriegen, wir Zwei, dann kannst du jedenfalls keine Kinder von mir kriegen."

Nach einer kleinen Pause erzählte er stolz von seinem Sohn Matthias. Matthias war verheiratet und bereits Vater eines Sohnes.

Obwohl dieser Abend so denkwürdig verlief, waren wir uns unglaublich nahe und die Wärme und Liebe zwischen uns verstärkte sich noch in den kommenden Wochen.

Meine Gefühle malte ich in Aquarell und fasste sie anschließend in ein Gedicht.

Ich war noch etwas unbeholfen mit meinen Worten doch es sprudelte nur so aus dem Herzen:

Mit jeder Minute, die verstreicht
                        sehne ich mich mehr nach dir.
Mit jedem Wort und Lächeln von dir,
                        liebe ich dich mehr und mehr.
Kein Platz auf der Welt, wo ich nicht an dich denke,
kein Tag, der verstreicht,
               ohne dir Gedanken der Liebe zu schenken.
Bin verbunden mit dir durch ein goldenes Band
und dankbar dafür, dass ich dich fand.
Möchte vieles mit dir gemeinsam erleben
und dir jeden Tag etwas Liebes geben.
Möchte träumen mit dir, auch weinen und lachen,
und manchmal etwas Verrücktes machen,
möchte deine Hand, deine Lippen spüren,
und deine Haut wie auch Seele berühren.
Möchte dir keine Liebe ohne Ende versprechen,
denn Herz und Verstand könnten daran zerbrechen.
möchte ICH sein für DICH und für MICH ganz alleine,
und mich in dich reinkuscheln, wenn ich mal weine.
Ich möchte dich trösten, wenn Schmerzen dich quälen
und Bilder dir malen und Märchen erzählen.
Ich möchte dein Traum sein, mitten im Leben,
und dir mein Herz zu Füßen legen.
Ich habe Angst, vor dir zu versagen,
liebst du mich auch dann noch,
                        möchte ich dich fragen.
Wir wissen ja nicht, wie lange wir leben,
doch haben wir uns noch sehr viel zu geben.
Die Liebe im Leben ist wie das Licht,
das am Morgen das Dunkel der Nacht zerbricht.
Ich liebe dich, Robert, mehr kann ich nicht sagen,
kann nur meine Liebe in dein Herz hineintragen.
Ich liebe dich Robert, mehr weiß ich nicht
und darum schrieb ich dir dieses Gedicht.
Hab Mut zum Leben und zu neuen Wegen.
Ich wünsch dir viel Liebes und Gottes Segen.

Seit dem Hafenfest durfte Sascha überall dort helfen, wo Robert ihn brauchte. Die Zeit der Herbstmärkte begann und Sascha wurde sehr gut für seine Arbeit entlohnt. Ich fing schon an, ein wenig eifersüchtig zu sein, da Sascha mehr Zeit mit Robert verbrachte als ich.
Irgendwann aber nahm ich allen Mut zusammen und sprach auch aus, wie ich mich fühlte.

„Ach, Franziska", sagte Robert dann eines abends zu mir. „Du kannst dir gar nicht vorstellen, wie dringend ich diese Einnahmequellen brauche. Meine Helga und ich haben uns dermaßen hoch verschuldet. Ich glaube, es sind so an die 600.000 Mark. Wir haben uns total vergaloppiert. Früher besaß ich eine andere Kneipe, die war zwar schön, aber rentierte sich nicht. Dann bot sich der Kauf der Kneipe bei der Alten Liebe an. Wir dachten, nun würden goldene Zeiten hereinbrechen. Aber wir irrten uns und konnten die hohe Belastung nicht schaffen. Das ist auch der Grund, warum ich immer noch nicht geschieden bin. Ich kann doch Helga nicht mit unserem Schuldenberg sitzen lassen."

Ich war bestürzt. „Franziska", sagte er. „Ich würde gerne viel mehr und viel lieber meine Zeit mit dir verbringen. Ich brauche dich so sehr und habe dich so lieb gewonnen. Manchmal möchte ich dich ins Auto packen und dann zu meiner Mutter fahren. Dann würde ich ihr sagen, dass du die Frau bist, mit der ich gerne leben möchte. Und wenn sie das nicht versteht, dann nehme ich sie einfach auf den Arm und trage sie raus in den Garten. Ich halte sie dann so lange fest, bis sie JA sagt zu allem. Weißt du, meine Mutter ist sooo klein", und er zeigte mit seinen Händen eine Kleinkindgröße an.

„Du spinnst", lachte ich. „So klein kann deine Mutter gar nicht sein!"

„Doch", beharrte er. „Sie ist so klein, dass ich sie fast mit einer Hand hochheben kann."

Wir amüsierten uns beide bei dieser Vorstellung.

So beschlossen wir, noch ein wenig spazieren zu fahren. Robert wollte mir das Haus seiner Mutter zeigen.

Wir fuhren durch die Stadt hinaus in einen anderen Ortsteil, der mir bislang unbekannt war. Alle Häuser in der Siedlung sahen dort ähnlich aus.

„Das weiße Haus vorne links ist es", sprach er hastig. „Guck nicht so genau hin. Vielleicht schaut sie gerade aus dem Fenster oder ist im Garten. Und wie soll ich ihr dann erklären, dass ich an ihrem Haus vorbeigefahren bin".

Er gab Gas, als wäre er auf der Flucht.

„Hast du meine Mutter im Garten gesehen?", fragte er. „Nein, leider nicht", erwiderte ich.

Wir fuhren ein Stückchen weiter. Dann drehte Robert um und fuhr gemütlich Richtung Altenwalde weiter. Wir kamen durch entlegene Dörfer und ich schaute interessiert die wenigen noch existierenden Fachwerkhäuser an, die idyllisch fernab der Durchgangsstraßen unter Bäumen lagen.

Für mich hätte diese Fahrt nie zuende gehen müssen, aber ehe ich mich versah, standen wir auch schon wieder auf dem Parkplatz vor der Pizzeria.

Zärtlich nahm Robert mich in die Arme. Verstohlen gab er mir ein Küsschen auf die Wange.

„Entschuldige bitte, Franziska", bat er mich. „Mich kennen hier so viele Menschen und ich möchte noch nicht, dass alle über uns reden. Bitte habe etwas Geduld. Ich versuche, mein Leben zu ordnen. Vielleicht schaffe ich das und wir haben noch ein gemeinsames Leben. Ich liebe dich sehr und ich brauche dich so." Seine Stimme war ganz leise geworden bei dieser Liebeserklärung.

Vor Glück versagte mir die Stimme. Ich war nicht in der Lage, irgendetwas darauf zu antworten.

„Franziska, ich muss dir leider noch etwas sagen. Ich habe schon vor Monaten einen zweiwöchigen Urlaub nach Madeira gebucht. Ich kannte dich ja noch nicht, sonst hätte ich für uns beide reserviert. Ich lasse dich in zwei Wochen alleine, aber ich komme ganz bestimmt wieder zurück, verlass dich drauf. Die wollen mich dort sowieso nicht behalten. Vielleicht habe ich dann eine Idee, wie ich es am besten mache mit Helga, mit uns und unserer Zukunft. Lass mir bitte die Zeit."

Mir wurde das Herz ganz schwer. Aber ich würde die Zeit schon herum kriegen. Alles Warten hat ja mal ein Ende, so tröstete ich mich. Niemals hätte ich gedacht, so warme und herzliche Empfindungen zu haben. Mir kam es vor, als wären wir schon lange zusammen und es war selbstverständlich, dass wir für immer zusammen blieben.

In der darauf folgenden Woche fuhr ich für drei Tage in meine Heimatstadt, um Aquarellunterricht zu erteilen. Mit großem Hallo wurde ich von meinen Schülern empfangen. Morgens verrichtete ich die Hausarbeit und arbeitete etwas im vernachlässigten Garten. Nachmittags bis spät abends hatte ich genug damit zu tun, Kindern und Erwachsenen die Malerei näher zu bringen und sie mit Techniken und schweren Motiven zu fordern.

Robert hatte sich erboten, in diesen Tagen auf Sascha aufzupassen. Nach meiner Heimkehr berichtete dieser, dass Robert mehrmals am Tag nach ihm gesehen hatte. Natürlich hatte er auch immer etwas im Gepäck, Brötchen, Kuchen, Cola und vieles mehr, das einem Jugendlichen gefallen konnte. Jeden Tag hatte er sich nach der Schule und den anstehenden Aufgaben erkundigt. Ich konnte jedenfalls beruhigt aufatmen, dass alles so gut klappte.

Und dann war es so weit. Robert kam, um sich für zwei Wochen abzumelden.

An seinen Bewegungen und seiner Sprache konnte ich erkennen, wie schwer ihm wirklich dieser Abschied fiel.

Er war besorgt um mich und um meine Gesundheit.

„Eine Bitte habe ich noch", wandte er sich unruhig an mich. „Es kann sein, dass Helga dich besuchen kommt. Lass sie nicht rein, hörst du. Vielleicht ist sie sauer auf dich und will dir was antun. Immerhin hat sie noch unsere alte Knarre. Sie ist unberechenbar. Bitte versprich mir, dass du sie nicht hereinlässt."

Ich schaute schon ein bisschen verdattert aus der Wäsche. Auf solche Ideen wäre ich überhaupt nicht gekommen.

Ich versprach Robert, auf mich aufzupassen und schließlich wäre Sascha ja auch noch da, beruhigte ich ihn.

Dann trennten wir uns.

Zwei Tage später erhielt ich dann den Anruf, dass er heil und unversehrt gelandet war und Funchal bereits eingehend erkundet hatte.

Eines Vormittags klingelte es an der Haustür.

Da es eine Zeit war, in der oft der Postbote Pakete anlieferte, eilte ich die Treppen hinunter zum Haupteingang. Da stand Helga vor mir.

Vor Aufregung wurde mir ganz schlecht. Sie grüßte höflich und fragte, ob sie mich kurz sprechen könne.

Für einen Rückzug war es schon zu spät und so lud ich Helga ein, mir zu folgen. Meine Sorgen waren absolut unbegründet.

Nachdem ich Helga einen Platz und einen Kaffee angeboten hatte, schaute sie mir fest in die Augen.

„Ich möchte, dass wir Du zueinander sagen", bat sie mich. „Ich habe an dich nur eine Frage. Liebst du Robert?"

„Ja", bestätigte ich ihre Frage. „Ich liebe ihn."

Sie nickte leicht mit dem Kopf, sah mir dann wieder fest in die Augen. „Wenn das so ist, dann kannst du ihn haben. Robert soll glücklich sein".

Es war unfassbar für mich. Diese Frau wollte mir Robert einfach überlassen. So, als hätte er selber überhaupt nicht über sein Leben zu bestimmen.

„Ich glaube, Robert muss selber entscheiden, wie er in Zukunft leben möchte", gab ich vorsichtig zu bedenken. „Ich habe mit seinen Entscheidungen wenig zu tun."

Ich wusste nicht, durch wen oder was Helga von uns erfahren hatte. Wir waren immer vorsichtig, was unsere Treffen betraf. Auf einmal stand Helga auf, hatte Tränen in ihren Augen und sie umarmte mich herzlich.

„Ich wünsche euch beiden jedenfalls alles Gute. Vielleicht wird doch noch alles gut", sagte sie, drehte sich dann um und ging.

Ich saß wie betäubt und konnte das Geschehen kaum begreifen.

Woher kam die Angst von Robert vor seiner Frau. Wusste er denn nichts von ihr und ihren Gefühlen. Für mich stand fest, diese Frau besaß Größe. Sie war mir sympathisch und ich mochte sie, trotz ihrer Alkoholprobleme.

Robert meldete sich mehrmals bei mir, um mir zu sagen, dass es ihm gut gehe und er sich auf die Heimkehr freue. Ich erzählte ihm von Helgas Besuch. Er schien aus allen Wolken zu fallen.

Ich nutzte die Abwesenheit Roberts dafür, ihm ein Inselbild zu malen. Er war so begeistert von Madeira, von den vielen bunten Blumen, den Kolibris, den Bananenplantagen, vom Duft des Meeres und von den kleinen Hafenstädten, in denen er sich wie zu Hause fühlte.

Ich spürte, dass er trotz des Heimwehs gerne dort gelebt hätte.

Die Zeit verging wie im Fluge und dann war es soweit; wir konnten uns endlich wieder in die Arme schließen.

Gerührt blickte Robert auf mein Bild.

„Ich schenke es dir, damit du immer deine kleine Insel hast, auf der du deine Träume leben kannst", sagte ich, als ich ihm das Bild überreichte.

„Das nehme ich mit zu meiner Mutter und hänge es in meinem ehemaligen Kinderzimmer auf", meinte er. Nächste Woche fahren wir beide hin zu ihr. Sie soll dich endlich kennen lernen." Dann griff er in seine Jackentasche.

„Ich habe dir etwas mitgebracht", erklärte er. Es war eine kleine Flasche Eau de Toilette. Der Duft war einfach himmlisch.

„Ich bin der Meinung, das passt absolut zu dir."

Dann kamen noch weitere Kleinigkeiten aus seiner Jackentasche, ein kleines Spitzdachhaus, typisch für Madeira, erzählte Robert, und eine kleine Packung „Prinzenrolle".

„Wenn ich gleich fort bin, schmeißt du das Ding einfach an die Wand", unkte er. „Vielleicht wird ja ein Prinz daraus." Und schon war er wieder zur Tür hinaus. Es war ihm einfach zu viel Nähe.

Am nächsten Tag holte mich Robert nachmittags ab. Wir wollten nun endlich seine Mutter besuchen. Doch es war wie immer. Als wir in die Nähe seines

Elternhauses kamen, trat er das Gaspedal durch und fuhr vorbei.

An der nächsten Kreuzung blieb er stehen.

„Weißt du was, Franziska, wir fahren jetzt einfach durch zu deiner Mutter", meinte er grinsend und ohne jegliche Erklärung für sein Verhalten. „Ich bin gespannt, was sie sagt, wenn sie mich sieht. So einen verschrumpelten, hinkenden faltigen Mann, so einen verkrachten." Und dann fuhr er einfach los.

„Halt!", rief ich. „Das geht doch nicht. Was soll Sascha denn denken, wenn ich heute Abend nicht zu Hause bin. Außerdem muss ich wenigstens meine Zahnbürste mitnehmen und auch etwas zum Anziehen."

„Na gut, dann bleiben wir eben hier!", grinste er schelmisch und ich merkte, dass er es gar nicht ernst gemeint hatte.

Robert fuhr gerne mit mir über Land. Immer wieder beteuerte er mir seine Liebe. Immer wieder fuhren wir am Haus seiner Mutter vorbei. Aber ich musste ihm Zeit lassen. Schließlich kannten wir uns noch nicht so lange.

Dann kam die Weihnachtszeit. Schon in der Adventszeit hatte ich viel gebastelt. Die kleinen Sprossenfenster waren mit bunten Scherenschnittbildern geschmückt, Plätzchen wurden gebacken, Briefe geschrieben und Geschenke eingepackt.

Wir trafen uns oft und Robert genoss die Atmosphäre sichtlich. Er blieb von Tag zu Tag länger bei mir.

Eines Nachmittags, als wir bei einer Tasse Kaffee saßen, lachte er unvermutet auf.

„Was ist los?", fragte ich ihn verwundert.

„Ach, Franziska, wenn ich an damals denke, als wir uns kennen lernten, das war schon recht komisch!".

„Also, was war denn daran komisch?", fragte ich erstaunt und ein wenig konsterniert.

„Ach weißt du, dass war wirklich komisch. Du warst uns schon häufiger aufgefallen. Mit uns meine ich, Werner, den Organisten und mich. Wir sahen dich jeden Sonntag vorne in der dritten Bank auf der linken Seite sitzen mit deinen wundervollen langen lockigen Haaren. Und an dem Tag, an dem du mich angesprochen und gefragt hast, ob wir uns einmal treffen könnten, da hatten wir darum gewettet, welchen Ausgang du wohl nehmen würdest. Den von Werner oder den Ausgang, an dem ich stand. Und ich habe die Wette gewonnen. Du kamst zu mir!"

Fassungslos sah ich ihn an, jedoch fiel mir nichts ein, was ich auf dieses Geständnis erwidern konnte. Nach einem tiefen Atemzug

machte sich dann ein Lachen breit. Ich konnte gar nicht mehr aufhören zu lachen.
Der Gedanke stellte sich ein, ob mich dann wohl der Organist zu einem Kaffee oder einem Glas Bier eingeladen hätte.
Robert gab zu bedenken, dass Werner sich ebenfalls in mich verguckt hatte. Es war für ihn ein harter Schlag, dass ich den anderen Ausgang wählte.

Die Tage vor Weihnachten vergingen wie im Fluge. Ich erhielt aus dem Freundes- und Bekanntenkreis viele Carepakete und Briefe. Ich stapelte alles auf meinem kleinen Tisch unter der Dachschräge und freute mich unbändig auf den Heiligen Abend.
„Kommst du am Heiligen Abend zu mir", fragte ich Robert eines Abends.
„Ich glaube kaum, dass ich das schaffen kann", meinte er. „Matthias hat mich zu einer kleinen Familienfeier eingeladen. Ich sehe zu, dass ich am 1. Weihnachtstag zu dir komme."
Ich war ein bisschen enttäuscht über diese Absage, aber dennoch hatte ich für seine Situation Verständnis. Schließlich war er Vater und Großvater und Weihnachten ist nun einmal ein Familienfest.

Robert schien sehr bedrückt zu sein und ich fragte nach dem Grund für seine Stimmung.

Eine Antwort blieb er mir leider schuldig, und so dachte ich bei mir, er wäre ebenfalls traurig darüber, dass wir uns nicht sehen würden.

Am Heiligen Abend klingelte es kurz vor Mittag stürmisch an der Tür. Ich eilte die Treppen hinunter und öffnete.

Robert stand fein angezogen vor mir und wollte mir schon im Hauseingang ein kleines Geschenk überreichen.

„Bitte, komm doch kurz mit nach oben", bat ich ihn.

Und so eilten wir wieder die Treppe hinauf und setzten uns auf meine Couch.

„Ich habe mir gerade etwas gekauft", erklärte er. „Aber dann dachte ich, es passt besser zu dir als zu mir!"

Ich öffnete die kleine Schachtel und eine prächtige goldene Kette leuchtete mir entgegen. Mit einem solch wertvollen Geschenk hatte ich nun wirklich nicht gerechnet.

Robert legte mir vorsichtig die Kette um.

„Sie passt wirklich besser zu dir", meinte er und strahlte mich an.

„Bis morgen, mein Schatz", und mit diesen Worten wollte er schon verschwinden.

Aber er durfte nicht gehen, ohne dass ich ihm mein Geschenk überreicht hatte.

Ich hatte ihm erneut ein Aquarell gemalt, ein Schneckenhaus, das im Wasser lag.

Ein kleiner Brief war diesem Bild beigelegt:

Im warmen Glanz deiner Augen
lief ich
mit weit geöffneten Armen
geradewegs in dein Herz hinein.
Und endlich
bin ich
zu Hause

Robert war wieder einmal sehr verlegen, aber ich sah, dass er sich freute. Dann stürmte er von dannen.

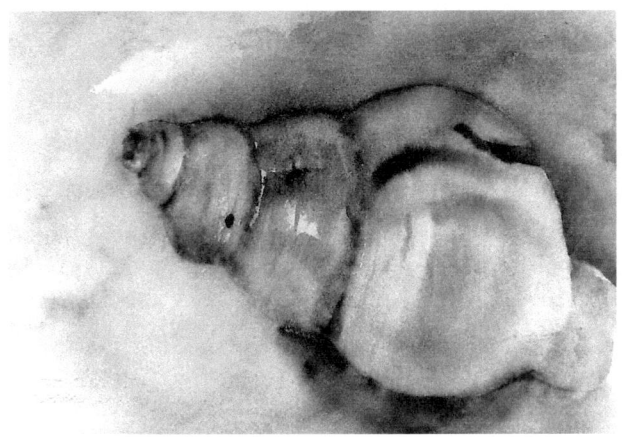

Sascha und ich verbrachten einen wunderschönen Heiligen Abend. Wir schmückten eine winzige Blautanne mit türkisen Holzfiguren, kleinen rosafarbenen Glaskugeln und türkisen Schleifen. Das Bäumchen sah richtig schnuckelig aus. Wir gingen zur Christvesper und dann auch noch später zum Mitternachtsgottesdienst. Abends gab es traditionsgemäß ein Steak mit Kartoffeln und Rosenkohl und als Nachtisch einen Marzipaneis-Tannenbaum. Es sollte meinem Sohn an nichts fehlen.

Am ersten Weihnachtstag blieben wir zu Hause. Schließlich wartete ich auf Robert.
Aber er kam nicht und auch am Abend rief er nicht an. So fing ich an, mir Sorgen zu machen.

Auch am nächsten Tag kam Robert nicht. Zum Glück hatte ich seine Handynummer und so rief ich ihn an.
„Ich kann nicht kommen, Franziska", waren seine Worte. „Ich erkläre dir das alles nächste Woche. Und dann hatte er einfach aufgelegt.
Viele Gedanken machte ich mir. Zwei Tage nach Weihnachten hörte ich Robert die Treppe hinauf eilen. Freudig öffnete ich die Tür. Er sah erbärmlich aus.
„Was ist los, mein Liebster?", fragte ich besorgt.

„Lass uns erst einmal hinsetzen", bat er mich. „Und bitte mache uns einen Kaffee."

Wir sahen uns lange in die Augen, während wir das heiße Getränk zu uns nahmen. Robert holte tief Luft.
„Es ist aus mit uns, Franziska", stieß er hervor. Mir war, als würde mir der Teppich unter den Füßen weggezogen. Ich sah ihn verständnislos an.
„Ich habe vor Wochen einige Geschwüre bemerkt und bin zum Arzt gegangen. Es ist leider zu spät. Ich habe nicht mehr lange zu leben. Du hast so vieles erlebt, ich möchte nicht, dass du um mich weinst. Nein, sag jetzt nichts. Ich trenne mich von dir. Ich will nicht, dass du mich sterben siehst. Mein Leben wird nicht mal mehr ein Jahr lang dauern. Es wird sehr schnell gehen. Also, mach es nicht noch schwerer, als es ist."
Robert erhob sich und wollte einfach gehen.
Mein Herz setzte für ein paar Schläge aus. Mir wurde schwindelig und die Welt schien sich zu drehen.
„Aber warum darf ich die Zeit, die dir noch bleibt, nicht mit dir zusammen sein?
Wenn du schon so leiden musst, dann lass mich doch bitte bei dir sein. Ich möchte dich trösten, wenn es dir schlecht geht, ich möchte deine Hand halten und dir Kraft geben!", begann ich.
Robert war nicht damit einverstanden.

„Meine Hand halten, wenn ich sterbe?" stieß er hervor. „Nein, Franziska, das tue ich dir nicht an. Ich will nicht, dass du weinst und leidest. Du hast schon so viel Schlimmes erlebt. Ich will das nicht. Und nun lass mich gehen."
Ohne ein weiteres Wort ging er zur Tür und ließ mich zurück. Ich war wie versteinert und nicht einmal in der Lage zu weinen.

Auch die letzten Tage des Jahres verlebte ich wie erstarrt. Sascha weilte in unserer Heimatstadt, um Sylvester und Neujahr mit seinem Vater und den ehemaligen Freunden zu verbringen.
Niemand war da, um mich zu trösten. Irgendwie verrannen die Stunden. Gedanken kamen und gingen. Aber der unerträgliche Schmerz blieb.

Ein leichter Windhauch berührte mich.
Erstaunt sah ich mich um. Mir schien, als erwache ich aus einem langen Traum. Doch dann wurde mir bewusst:
Es war der 31. Dezember. Ich saß immer noch in meiner Kirche im Strichweg.
Ich schloss meine Augen und fing an zu beten. Ich betete um die Kraft, diesen geliebten Mann frei geben zu können.
Ich erinnerte mich an die Worte, die ich aus der Bibel kannte:

Und Gott wird abwischen alle Tränen von ihren Augen, und der Tod wird nicht mehr sein, noch Leid noch Geschrei noch Schmerz wird mehr sein; denn das Erste ist vergangen.

Und der auf dem Throne saß, sprach: Siehe, ich mache alles neu! Und er sprach zu mir: Schreibe; denn diese Worte sind gewiss und wahrhaft!
Und er sprach zu mir: Es ist geschehen! Ich bin das A und das O, der Anfang und das Ende. Ich will dem Durstigen geben aus dem Quell des Wassers des Lebens umsonst!

Dann zündete ich eine Kerze an und verließ still den Raum.

Nachwort:
Es heißt: Die Zeit heilt alle Schmerzen und Wunden, doch es dauerte viele Monate, bis mein Schmerz erträglich wurde. Sehr oft verbrachte ich die Zeit in der Kirche, alleine mit mir und GOTT. Manchmal schlich ich mich vor den Altar und las in der aufgeschlagenen Bibel, was der HERR mir für eine Antwort gab.

Ich habe Robert nur noch wenige Male gesehen. Wir sprachen miteinander, wie es gute Freunde tun. Voller Verzweiflung musste ich mit ansehen, wie er immer mehr körperlich zusammenfiel. Er kämpfte gegen seine Krankheit, ließ sich operieren, doch er verlor.

Bei unserem letzten Treffen sah er mich ruhig an und sagte: „Weißt du, ich bete jeden Tag für dich. Ich bete, dass du einen Mann kennen lernst wie mich, der für dich sorgt und den du lieben kannst." Das waren seine letzten Worte, die er mir schenkte. Die Verbindung riss endgültig ab.

Am Geburtstag einer lieben Freundin lernte ich meinen zukünftigen Mann kennen. Er lebte, wie Robert, in noch ungeklärter Verbindung und hatte außerdem sehr große Ähnlichkeit mit ihm. Er entschied sich für ein Leben mit mir. Wir heirateten im Dezember des folgenden Jahres. Roberts Schwester kam nach der Trauung auf mich zu, um zu gratulieren.
„Ich habe Robert von deiner Hochzeit erzählt", berichtete sie. Er hat gelächelt. Er hat gesagt: „Nun ist alles gut!" Er ist jetzt glücklich."

Nur zwei Wochen später, einen Tag vor dem Geburtstag seiner Schwester, wurde Robert von seinem schweren Leiden erlöst.

Ich lernte seine Mutter kennen, wir wurden Freundinnen trotz des Altersunterschiedes.
Eines Tages sagte sie zu mir:
„Du warst Roberts große Liebe. Er hat oft von dir erzählt. Leider hatte er nicht den Mut und auch nicht die Kraft, sein Leben zu verändern. Ich habe versucht, ihn zu verstehen, aber ich konnte ihm nicht helfen."
Inzwischen ist auch Roberts Mutter in das ewige Licht gegangen. Ich denke, sie sind jetzt glücklich vereint.
Ohne meinen Glauben hätte ich niemals die Kraft gehabt, meinen Weg weiter zu gehen.
Heute bin ich glücklich verheiratet.
Ich lebe und arbeite in Cuxhaven und folge meiner Berufung.

Robert hat seinen festen Platz in meinem Herzen. Ich denke oft an ihn voller Liebe und Dankbarkeit.

*

Anmerkung:

Alle Namen wurden geändert. Der Ort und die Umgebung entsprechen ebenfalls nicht der Realität. Alles Geschehene entspricht absolut der Wahrheit.

Brigitte Anna Lina Wacker wurde 1953 in Voigtding, jetzt Wingst geboren und lebt und arbeitet als freischaffende Künstlerin in Cuxhaven

Bereits in ihrer Kindheit schrieb sie Gedichte, als Jugendliche widmete sie sich der Porträtmalerei.
Mit ihrem Mann und ihren Kindern wohnte und arbeitete sie bis 1994 in Bremervörde.
Nach einem folgenschweren Unfall veränderte sich schlagartig ihr Leben. 1987 begann sie, sich mit der Malerei ernsthaft zu befassen und in zahlreichen Kursen ausbilden zu lassen. Zur gleichen Zeit schrieb sie ihre ersten lyrischen Verse.

Im Jahr 2000 erschien ihr erster Kunst-Lyrik-Bildband im Eigenverlag
2005 folgte ein Engelbildband in limitierter Auflage.
Veröffentlichungen ihrer Gedichte und Kurzgeschichten erfolgten in diversen Anthologien des Wolkenreiter-Verlags Fuldatal
2012 erfolgte die erste Veröffentlichung ihres Gedichtes „Wunder Engel" in der Anthologie „Einfach nur ein Engel", net-Verlag.

www.aquarellstudio-wacker.de

Lass meine Hand nicht los

Irrwege einer Liebenden

ISBN 978-3-8482-1406-8
Paperback, 64 Seiten

Books on Demand GmbH, Norderstedt

Jenny, eine Frau mittleren Alters, bekommt von ihren Eltern zum Geburtstag eine Urlaubswoche geschenkt. Sie nutzt diese Zeit, um ihr Leben zu überdenken.

leben-lachen-lieben

Bilder – Gedichte – Kurzgeschichten

ISBN 978-3-8448-06281

Books on Demand GmbH, Norderstedt

Geschichten, die das Leben schreibt-
Begegnungen, die berühren –
intensive Empfindungen im täglichen Leben –
in Reim, Vers und Kurzgeschichten zu Papier
gebracht

Engel auf meinem Weg

Facetten einer Lebensgeschichte

ISBN 978-3-8448-08490

Books on Demand GmbH, Norderstedt

...Ich schreibe meine Geschichte für die vielen
Menschen, die mir begegneten und mich
nach der Bedeutung „meiner" Engel fragten.
Ich schreibe ebenfalls für die Menschen, die
mich baten, meine Erlebnisse für alle
Suchenden festzuhalten...
Diese Menschen waren und sind ein großes
Geschenk für mich.

Gefühlt
Gespürt
Geträumt

Bilder und Gedichte

ISBN 3-9807435-7-8
Wolkenreiter – Verlag – Fuldatal

Der Nachtvogel

Wenn der Nachtvogel kommt,
deckt er mit seinen Schwingen
meinen Körper zu und meine Sorgen.
Durch das Land der Träume
führt er mich über weite Felder
in blühende Gärten der Hoffnung
und des Vergessens.
Mit dem ersten Sonnenstrahl
gleitet er lautlos in den nahenden Morgen
und trägt mich
in das Licht
eines neuen Tages